A mi hijo Gaston.
¡Muchas gracias!

J. M-T.

A Illia y Ramón,
mis primeros compañeros
de viaje a Duermevela.

R. P.

Duermevela

Juan Muñoz-Tébar | Ramón París

Ediciones Ekaré

Cuando Elisa no puede dormir
sale a dar una vuelta por Duermevela.

Allí, cuando el viento bosteza,
las hojas apenas se mueven.

Elisa no siente miedo en Duermevela.
Tan pronto llega, se pone a buscar
lo que esconde la oscuridad.

En la espesura,
se encuentra con Estebaldo,
que tampoco puede dormir.

Juntos dan su paseo habitual.

Se asoman a los agujeros de los árboles.

Escuchan los sonidos de la tierra.

Curiosean lo que hay en el lago.

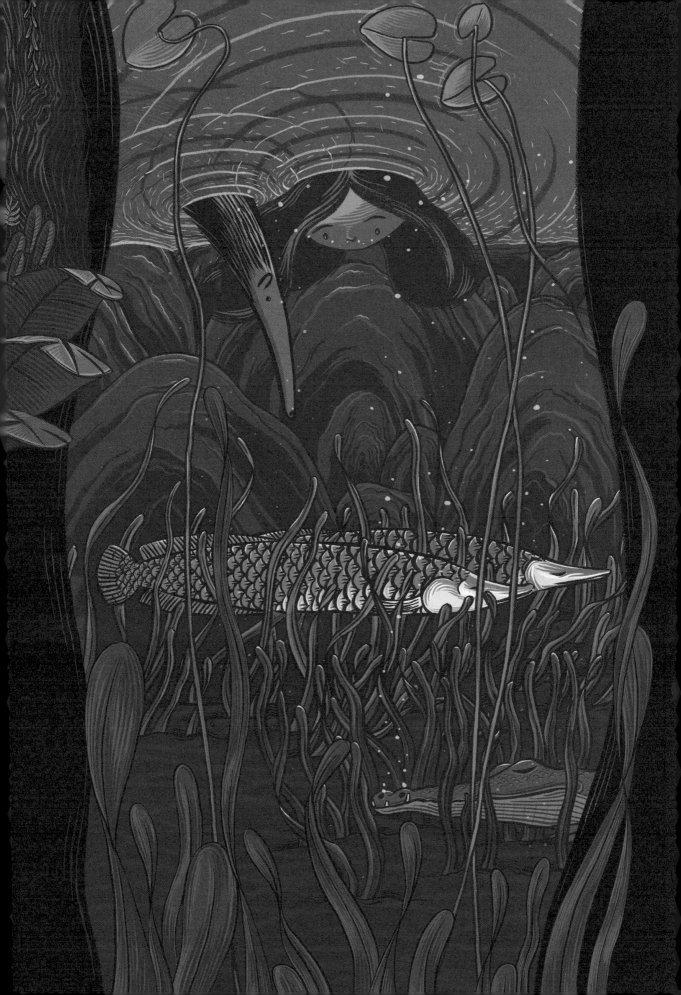

Elisa y Estebaldo contemplan el cielo
hasta que les llega el sueño.

Y entonces en Duermevela solo se escuchan bostezos.

«Buenas noches, Estebaldo».

«Buenas noches, Elisa».

«Hasta la próxima».

EDICIONES
ekaré

Edición a cargo de Brenda Bellorín
Dirección de arte y diseño: Irene Savino

Primera edición, 2017

© 2017 Juan Muñoz-Tébar, texto
© 2017 Ramón París, ilustraciones
© 2017 Ediciones Ekaré

Todos los derechos reservados

Av. Luis Roche, Edif. Banco del Libro, Altamira Sur. Caracas 1060, Venezuela.
C/ Sant Agustí, 6, bajos. 08012 Barcelona. España

www.ekare.com

ISBN 978-84-946699-0-3
Depósito Legal B.7097.2017

Impreso en China por RRD APSL